내 마음 머문 자리

내 마음 머문 자리

펴낸날　　초판 1쇄 2024년 6월 10일

지은이　　김정숙
펴낸이　　서용순
펴낸곳　　이지출판

출판등록　　1997년 9월 10일
등록번호　　제300-2005-156호
주소　　03131 서울시 종로구 율곡로6길 36 월드오피스텔 903호
전화　　02-743-7661　팩스　02-743-7621
이메일　　easy7661@naver.com
디자인　　조성윤
인쇄　　ICAN
물류　　(주)비앤북스

값 13,000원

ISBN 979-11-5555-223-0 03810

김정숙 시집

내 마음 머문 자리

이지출판

"제가 어떻게 시집을 내요?" 하며 시집 발간을 주저하던 김정숙 시인이 드디어 감성시집을 발간한다. 그는 참부지런하고 매사에 적극적이다. 웃음치료사로, 치매예방관리사로 강의를 하면서도 치매를 앓고 있는 친정어머니를 지극정성으로 모셨다. 그 바쁜 일상과 어머니의 이야기가 담긴 시는 독자들에게 가슴 찡한 감동을 안겨 주기에 충분하다.

감성시는 일상을 있는 그대로 메모하여 마지막에 작가의 생각을 넣어 시로 탄생시키는 것이다. 많은 사람들이 감성시를 쓰겠다고 도전했다가 경험적 기억만 쏟아낸 채더 이상 이어가지 못한 사례를 감안하면, 묵묵히 따라와준 시인에게 고마운 마음이 든다.

김정숙 시인의 시작 노트를 읽으면서 어쩌면 이 메모가

바쁘게 살고 있는 자신에게 큰 위안이 되었겠구나 하는 생각이 들었다. 그런 연유로 시인이 일상에서 적은 글로 스스로 치유를 받았듯, 시를 읽는 독자들도 시인처럼 치유받을 수 있게 시집을 발간하자고 권했다.

물론 웃음치료사로 활동하는 시인의 일상적 이야기가 조금 가볍다는 느낌이 드는 시도 있을 수 있지만, 이 역시 늘 웃음을 담고 사는 시인의 성격과 아름다운 심성을 이해한다면 오히려 함께 웃으면서 스스로 치유 받을 수 있는 계기가 될 게 분명하다.

감성시는 경험을 나열하는 것이 아니라 지금 이 순간의 감동을 아름다운 글로 표현하는 것이다. 그런 면에서 지금 시쓰기를 시작한 사람, 감성시집을 발간하고 싶은 분들이 이 시집을 한 번 읽어 보았으면 좋겠다.

늘 웃음을 달고 사는 김정숙 시인이 웃음을 전하며 만난 숱한 이야기들이 시로 탄생되어 2집, 3집이 발간되고, 많은 사람들에게 기억되는 멋진 감성시인이 될 수 있게 늘 곁에서 도와 드릴 것을 약속드린다.

오늘 이 시집이 발간되도록 큰 힘이 되어 주신 남편분께도 감사드리고, 사랑하는 따님을 비롯해 시집에 담긴 모든 분들이 행복한 일상의 주인공으로 살았으면 하는 바람을 전한다. 김정숙 시인님! 그동안 수고 많으셨습니다. 감사합니다.

집필실이 있는 '이야기터 휴'에서
커피시인 윤보영

건강 때문에 시작한 웃음 치료 강의를 하면서 많은 분들을 만나기도 하고, 또 세상 사람들이 살아가는 여러 모습에 관심을 갖고 있던 저는 지인의 소개로 윤보영 시인님의 강의를 듣고 감성시의 매력에 빠지게 되었습니다.

그리고 일상생활을 메모했다가 쉽고 짧은 시를 적어 감성을 불어넣으면 나만의 감성시가 된다는 말씀이 저를 시인의 길로 이끌었고, 결국 첫 시집을 발간하기에 이르렀습니다.

메모를 해 보니 모든 일상이 새롭게 다가왔습니다. 주위 사람들을 바라보는 시선도, 주변에 있는 사물도 예전과는 다른 느낌으로 들여다보게 되었습니다. 그리고 수많은 소재들을 발견하고 거기에 시적 표현을 더하면서 제 자신이 문학적인 사람이 되어 간다는 건, 매우 신기한 경험이 아닐 수 없습니다.

아직 많이 부족하지만 그렇게 저는 시를 쓰게 되었고, 앞으로 감성이 풍부한 시인, 그리고 제 시를 읽어 주시는 분들에게 따뜻하고 진솔한 시를 전해 드리고 싶습니다.

　시집이 나오기까지 도와주신 윤보영 시인님께 감사드리고, 책을 정성껏 만들어 주신 이지출판 서용순 작가님에게 고마운 마음 전합니다.

　무엇보다 사랑하는 가족들과 그리운 부모님께 이 시집을 바치겠습니다.

2024년 5월
김 정 숙

차례

1부 샘물같이 아름다운 당신

2부 이만하길 다행이야

3부 엄마를 웃게 만드는 법

4부 가슴 뛰는 가을

5부 당신을 닮은 꽃

1부
샘물같이 아름다운 당신

나도 꽃이 되고 싶다

아침이다
창문을 여니
베란다 끝에 라일락꽃이
활짝 웃고 있다

그리고
진한 향기로 다가와
내 안으로 스며든다
나도 꽃이 되고 싶다

수수꽃다리 향기가
그대 찾아 나서자고
내 마음을 이끈다.

엄마는 진달래꽃

진달래꽃이 피었다
"여보, 내가 왜 저기에 있지요?"

아무 말 없이 산을 오르던 남편
집으로 돌아와 딸을 부른다

"엄마가 진달래꽃이란다!"

영문도 모르는 딸은
눈이 동그래지고
엄마에게 물어보라는 남편

나는 딸에게
진달래꽃처럼
예쁜 표정을 짓는다

거실이
진달래꽃 활짝 핀
꽃동산이 되었다.

민들레

아파트 주차장 바닥
아주 작은 틈새로
민들레꽃이 피었다

씨를 맺고
씨앗을 날리기 위해
저 작은 틈에서 자랐나 보다

우리 마음처럼
내 사랑처럼.

우리는 휴식 중

텃밭에서 풀을 뽑는데
나비가 날아와
내 팔에 앉았다
감동이다!

그리고
날개를 움직일 때마다
무지갯빛으로 변한다
감동이다!

나비를 보고 웃는 내가
꽃으로 보였는지
날아갈 생각을 않는 나비

풀도 잠시
나비도 잠시
나를 보고 있던 남편도 잠시

우리는
지금 휴식 중!

미소 짓는 봄

벚꽃이 웃고 지나간 자리
활짝 핀 철쭉꽃이
"이제 내 세상이에요!"

수선화꽃도 질세라
자기를 봐 달라며
얼굴을 내민다

초롱꽃까지 덩달아
미소 지으며 웃는 봄!
봄꽃은 철이 지나면 지는데

좋아하는 사람을
가슴에 꽃으로 피우고
수시로 꺼내 보며 웃는
나에게는 잔치다
사시사철 사랑 잔치다.

벚꽃도 웃었다

석촌호수에 벚꽃을 보러 왔다
만개한 꽃들!

함께 걷는 남편에게
"여보, 벚꽃이 나보고 웃네요!"

말없이 웃는 그에게
"벚꽃은 어울려 피어야 예쁜데
나는 혼자서도 예쁘니까
부러워서 웃는 걸 거야!"

남편이 다시 웃고
나도 따라 웃고
벚꽃도 웃었다

벚꽃길이
환하도록 웃었다.

수국

수국꽃 앞에서 말했네
멀리서 봐도 빛이 나고
좋아하는 사람처럼 아름답다고

우리 얘기 들었나?
수국꽃이
더 환하게 보이네

그대 웃는 모습 닮은
수국꽃 앞에서
내 안에도
내 밖에도
행복을 담고 있네.

봄비

봄비가
소곤소곤
속삭이다가
제 어깨를
툭 치며 말하네요

땅만 적시는 게 아니라
그대 좋아하는 마음도
적셔 주고 싶다고

그럼 곧 돋아날
새싹들은 어떻게 하죠?

참, 이런 방법이 있네요
내 안으로 하늘을 옮기고
그리움이 젖게
봄비를 내리는 것!

무조건 일방통행

일방통행로에서
역주행은 안 된다

길을 잘못 들었어도
돌아 나올 수 없어
직진만 해야 한다
한 방향으로 가야 한다

하지만 사랑은 다르다
그대 생각은
무조건 일방통행!

돌아 나올 수 없어
더 좋은
오직 일방통행!

마중물

목이 마르면 샘물을 찾고
삶이 힘들면 사랑을 찾습니다

나에게
그 사랑은
효심 언니입니다

언니는
늘 곁에서
실천하는 사랑으로
마중물이 되어 줍니다

참사랑으로
깊은 사랑으로.

왼손처럼

오른손은
이것저것
주인처럼 시키면서
왼손은 손님처럼
그대로 두었는데

그 오른손
붕대로 감싸고 나니
왼손도 귀한 존재

모든 것을 도맡아 하는
당신이 오른손이라면
나는 왼손!

나도 이제부터
당신을 도와야겠어요
당신이 그래왔듯
나도 나에게
당신을 위해 일 시켜야겠어요.

희망 사항

활짝 핀 수국
온종일 미소 짓네

이 수국꽃
날 좋아하는
그대 얼굴이라면?

아니
그대 좋아하는
내 얼굴이라면!

참새와 함께

아침 공원 산책길에서
참새를 만난다

그때마다 반가운 참새
낯이 익었는지
달아나지 않는다

빵 부스러기를 뿌려 주니
이리저리 맴돌다가
경계를 풀고 다가와서 먹는다

사람도 그렇다
자주 만나야 익숙해지고
마음을 열 수 있다

내가 그대에게
그대가 나에게
마음을 열었듯
그렇게
그렇게.

내 안의 너

들꽃은
흩어져 있을 때는
예쁜 줄 몰랐는데
모여 있으니
참, 아름답다

하지만
혼자 있어도
꽃보다 예쁜
내 안의 너!

들꽃이 기죽을까 봐
불러낼 수도 없고

그냥
예쁘다고 해 주었다.

내게도 필요해

풀 한 포기
벽을 뚫고 나왔다

가뭄을 이겨 낸
저 강한 힘!
어디서 나왔을까?

내 일상에도
저 힘이 필요하다

꺾이지 않고
포기하지 않는
나를 위해!

사는 맛

과일이 각각
다른 맛을 내는 것처럼
나도 만나는 사람들에게
다른 맛을 내며 살아야겠다

상큼한 맛
달콤한 맛
부드러운 맛…

이게 행복이고
사는 맛이니까.

나의 에너지

들에 핀
아주 작은 꽃도
기분을 좋게 해 주는
에너지가 될 수 있듯

자랑스러운 딸을
내 안에서 꺼내
바라본다
수백 리 떨어져 있어도
가슴이 뛴다

생각만 해도 힘이 되는
꽃 중의 꽃
내 사랑 꽃

딸은 나의 에너지다!

난로

남편은
한겨울 추위를 녹여 주는
나만의 난로!

무엇이든
내 편에서
배려해 주는 사람!

오늘도
옆에서 따뜻한 미소를
짓고 있다

다시 생각해 봐도
남편은 나만의
커다란 난로다
불타는 난로다.

꽃 세 송이

누구에게나
꽃 세 송이는
있다는 말처럼

나에게도 꽃이 있지요
평화로운 꽃
밝은 미래의 꽃
희망이 넘치는 꽃!

세상에
이보다
더 예쁜 꽃이 있었네요

보는 사람
마음을 기분 좋게 하는
그대가 꽃입니다.

웃음꽃

나는 나를 위해
웃음꽃을 피웁니다

바쁜 일상에서도
웃음꽃을 피우니
사람들도 꽃을 피우네요

바라만 봐도
행복한 꽃!

제 웃음꽃은
늘 공짜이니 마음껏 보세요

참, 분양도 해 드릴 테니
부담 없이
가져가셔도 됩니다.

사랑초

사랑초를
선물 받았는데
물을 주지 않아
가지가 마르고 있다

너는 원래
잎이 하나였니?
모처럼 관심을 보였더니

사랑초 잎 하나에
꽃대가 올라왔다
쑥 내미는 힘!

역시 사랑이다
이름값을 한다.

글쎄, 동백나무가

한겨울 추위도
아랑곳하지 않고
동백꽃이 피었어요

아름다운 자태를 자랑하며
제 곁에 머물다 가라 하지만
내 안에는 이미
동백꽃보다 진한
그리운 사람이 담겼으니
아쉬워도 떠날 수밖에요

그런 내 앞에서
뚝뚝,
꽃을 떨어뜨리며
아쉬워하네요
동백나무가 글쎄!

동백섬

부산 해운대를
허리에 두른 동백섬

둘레길을 따라
동백꽃이 피었네요

열여섯 소녀의
붉은 입술 같은 꽃

사랑받고 싶은
그 고운 마음

그대를 볼 수 있게
내 가슴에
섬 채로 옮길 수밖에요.

태백산

한여름
태백산 입구부터
연둣빛으로 펼쳐진 숲
시원한 터널을 지나는 기분이다

산 위에 올라
가슴을 열고
상쾌한 바람을 맞아들이니

내 안에 있던
또 다른 자신감이 솟구친다

그런데 여기서도
그대 보고 싶은 마음이
파도처럼 밀려오네.

2부

이만하길 다행이야

기우

당신 생각하며
모래밭을 걷는데
햇살이 너무 뜨거워

우리 사랑 익으면
어떻게 해요?

해

부끄러운 듯
나뭇잎 사이로
얼굴 살짝 보여 주는 해

속살까지 드러낸
화단 뒤 분홍색 꽃보다
더 예쁜 너!

모든 빛을 다 지우고
오직 하나
나만 보고 있는 너!

내가 좋아하는 그대도
저 해를 닮았으면 좋겠다

아니, 지금처럼
앞으로도 계속
나만 좋아해 주면 더 좋겠다.

꽃구경

아련한 그리움에
눈물이 난다는
친구에게 말했다

꽃물결에
눈물 닦게
내일 꽃구경 가자고!

친구가 웃었다
그 모습이 꽃 같다

이러다 내 눈에
먼저 눈물 나겠다.

친구의 말

친구가 말했다

너는 대범하고
매사에 적극적이고
대인관계도 좋지

진실하고
분위기도 잘 만드니
사업을 하면
금방 부자가 될 거라고

웃음으로 치자면
난 이미 부자인데
그래도, 기분 좋다
나를 믿는 친구의 말이라
더 기분 좋다.

라일락

라일락아
동산에 해가 뜨듯
내 가슴에 피어라

네 향기에 취해
비틀거려도 좋아
내 가슴에 피어라

나도
정신 못 차릴 정도로
진한 사랑 한번 해 보게
내 가슴 깊이 피어라.

내 마음 알지?

마당에
보랏빛 라일락꽃이 피었다

매일 꽃에게 속삭인다
"네가 있어 행복해. 사랑해!"

꽃을 더 좋아한다고
남편이 질투할지도 몰라
오늘은 눈짓으로 말했다

내 마음 안다는 듯
라일락 향기가
더 진하다.

목련꽃

마당에
목련꽃이 피기 시작했다

질투 나게 아름답다
목련꽃에게 말했다

"네가 아름답다고
질투하지는 않을 거야!"
답이 없다

"참, 비밀인데
우리 남편이 목련꽃보다
내가 더 예쁘다고 했거든!"

목련꽃이 웃었다
목젖이 보이도록 웃었다.

잠을 깨우는 소리

휴대폰 알람 소리를 듣고도
좀 더 자고 싶어
그냥 누워 있었다

그런데
아침마다 잠을 깨우는
새들이 있다는 걸 잊었다

창밖의 새들이 잠을 깨운다
그 소리가 얼마나 아름다운지
피로가 풀린다

오늘 늦잠 덕분에
아침마다 행복하게 깨워 주는
새소리를 알았다.

웃음치료사

사람은 누구나 꽃처럼
아름다움을 간직한다

아기 땐 웃음꽃
젊은 시절엔 열정꽃
예순이 되면
인생 이모작을 위한
새로운 꽃을 피운다

그 꽃!
지금까지 잘 가꾸어 왔고
오늘도
열심히 가꾸고 있다.

가슴에 담은 꽃

공원에
작약꽃이 피었다

지나가는 사람마다
예쁘다며 카메라에 담는다

그들처럼 나도 담았다

꽃보다 더 예쁜
'은빈'이 웃는 모습
꽃 대신 가슴에 담았다.

자석처럼

우리는 늘 자석처럼
딱 붙어 지냈다

잠깐 쉬는 시간에도
수업 중에도
주말에 숙제할 때도
늘 붙어 있었다

수업 끝나고
집으로 갈 때도
딱 붙어 다니고
집에 있을 때도
생각 속에서 붙어 있었다

너는 N극
나는 S극
서로 붙어 지낸 짝꿍!
한세월 지나도
내 생각 속에 머물러서
고맙다 고마워!

망초꽃

태백산 올라가는 길
넓은 초원에
망초꽃이 가득 피었다

눈이 내린 것처럼 하얗다
마음이 설렌다

설렘을 주는 친구가 있다
계란꽃 놀이 하던 소중한 친구

그가 보고 싶어
초원을 가슴에 담았다
가슴 가득
친구 얼굴이 담겼다.

이만하길 다행이야

7월 장마철에
백운산을 오르다가
낙엽 위에 미끄러졌다
손을 잘못 짚어 통증이 심했다

하지만 함께 간 사람들이 있고
맑은 물이 흐르고
우거진 나무들이 있고

여기에 맑은 공기까지 있어
아픔을 지울 수 있었다

"이만하길 다행이야!"
내가 나에게 말하고
산행을 이어갔다

좋아하는 사람이 머무는 곳!
내 안으로 들어설 때와 달리
산길은 늘, 조심
또 조심해서 걸어야 한다.

매미 소리

베란다 너머 공원에서
밤낮없이 우는 매미

밤에는
전등 불빛에 기대 울고
비 오는 날도
쉬지 않고 운다

하지만
시끄러운 매미 소리도
그대 생각에 지워진다

지워진 자리에
그대 모습 더 선명해진다.

커플 컵

딸이
엄마 아빠에게
커플 컵을 선물했다

함께 차를 마시면서
웃음꽃 피우라는 뜻이
담겨 있다

백일홍꽃이 핀 듯
예쁜 컵!
딸 얼굴을 보는 것같이
기분 좋다

차를 마시는 컵에
부모 생각하는
고마운 마음을 담았다

참 예쁜 딸!
딸을 생각하는
부모 마음도 함께 담았다.

바람

무더운 날씨
바람이 옷깃을 흔들다가
얼굴의 땀을 닦아 준다

아이스크림을 먹는 것처럼
시원해
몸이 가벼워진다

더운 날 불어오는
한 줄기 바람은
친한 벗이다
시원한 커피다

아니,
만나고 싶었던
그대다.

커튼

아이와 숨바꼭질할 때
얼굴만 감싸고 숨는 곳

아이가
그곳에 있는 걸 알면서도
"어디 있니?"
찾는 척해 주는 곳

"요기 있네!"
웃으면서 찾고
웃으면서 나오는 곳

커튼은
아이와 어른이
함께 놀 수 있는 놀이터!

아보카도

겉은 딱딱해도
속은 부드러운 너!

너처럼
서로 한몸
너처럼
오래도록 사랑을 나누고 싶다

그런 너를
인연이라 해야겠지
행복이라 해도 되고.

효심 언니

가게 앞에서
다섯 살 아이가
엄마를 돕겠다며
빗자루로 눈을 쓸고 있네요

기특하다며
곁에 있던 효심 언니가
용돈을 줍니다

따뜻한 사랑은
멀리 있지 않구나
우연히 만나기도 하는구나

아~ 마음에서
저절로 우러나온 사랑!
내 안이 따뜻해집니다.

울타리

남편은
내게 울타리가 되어 준
소중한 사람!
내 사랑을 당신께 바칩니다

감사합니다
고맙습니다

오늘도
행복의 울타리
한결같은 당신께
장미꽃을 선물합니다.

냉장고에게

나는
네가 좋다

내가 좋아하는 것
다 품고 있으니까

내 눈과 입을
즐겁게 해 주고
적정 온도로
애인처럼 늘 곁에 있는 너

네가 없었으면
나 어쩔 뻔했니?

세탁기

음식물을 입에 넣으면
위액으로 소화되듯
세탁기에 세제를 넣으면
옷이 깨끗해져요

장난감부터 인형까지도
넣는 것은 모두
깨끗하게 만드는 너

그동안 고마운 줄 모르고
매일 사용했는데
너도 많이 힘들었을 거야

이번 여행 동안
너도 푹 쉬면 좋겠어

나는 여행으로 충전하고
너는 쉼으로 충전하고
우리 다시 만났을 때
씽씽!

행복 속에 내가 있다

미소 지으며
일상으로 들어서면
그곳에는 늘 내가 있다
행복한 모습으로 있다

벌과 나비처럼
즐거움이 밀려오는
멋진 행복!

행복 속에 내가 있다
웃고
또 웃는
주인공으로 있다.

잠자리

밭에서 일을 하는데
잠자리가 날아와 팔에 앉았다

신기해서 바라보다
입으로 불기도 하고
말까지 걸어도
날아갈 생각을 않는다

"나 예쁘지?"
그제야 날아간다
꽃인 줄 알았다나 뭐라나.

엄마를 웃게 만드는 법

웃음 선물

나는
웃음으로 건강을 찾았다

웃고
또 웃고
다시 웃다 보면
하루가 금방 가고
일상이 행복하게 지나간다

웃음은 신이 준 선물
아니,
내가 나에게 준 선물!

사람들은 말한다
웃음으로
무병장수할 거라고….

엄마를 위해
_치매 1

치매를 앓고 있는
엄마를 모시는데
환자라도 좋아요
함께 오래 살 수만 있다면

감사를 잊게 되는 치매
즐거움을 잊게 되는 치매
더불어 살아야 행복하다는
그 사실마저 잊고 사는 치매

엄마처럼 치매를 앓고 있는
대한민국 엄마와 아버지를 위해
건강한 대한민국을 만들기 위해

웃음치료사가 되었다
치매예방관리사가 되었다.

가요무대
_치매 2

엄마와 가요무대를 보면서
노래를 따라 부르기도 하고
함께 춤도 춘다

노래와 춤, 운동까지
치매에 도움 되는 건
모두 도와 드린다

그 이유는,
지금 이대로
엄마와 함께
오래오래 살고 싶어서.

저도 가르쳐 주세요
_치매 3

엄마는 어릴 때
동네 노래 선생님에게
굿거리장단을 배우셨다는데
잊어버릴까 봐
매일 연습을 하셨다고 한다

"엄마, 저도 가르쳐 주세요!"

요즘 시간만 나면
엄마와 연습을 하고 있다

손가락 운동도
치매 예방에 도움이 되니까.

누구세요?
_치매 4

엄마와 통화를 한다
어젯밤에도
오늘 아침에도

"누구세요?"
"둘째 딸이요."
"글쎄요, 누구신지요?"
"사랑하는 둘째 딸이요."
"누군지 모르겠어요."

그 길로 차를 타고
엄마한테 달려가
야채죽을 끓였다
며칠을 그렇게 했더니 좋아지셨다

음식만 골고루 드셔도
치매 예방에 도움이 된다는데
자식들이 자주 찾아오면
더 좋다는데….

남편의 대답
_치매 5

남편이 장모님 모시고
꽃구경 가자고 한다

그런데 엄마는
"너나 가라, 나는 안 간다."
싫다고 떼를 쓰신다

"장모님, 우리 꽃구경 가요!"
그러자
"그럼 자네 얼굴 봐서 가겠네!"

엄마가 싫다고 하시는데
왜 자꾸 가자고 하느냐 물으니
"내년에 꽃을 못 보실 수도 있으니까."

남편의 대답에
목이 멘다.

남산을 다녀오면서
_치매 6

어머니 모시고
남산 다녀오는 길

남편이
어디 갔다 오는지 물어보라고 한다
"엄마, 우리 지금 어디 갔다 오는 거지요?"
"응, 남산!"

집 앞에서 다시 물어보라는 남편
"엄마, 우리 지금 어디 갔다 오는 거지요?"
"응, 남산!"

다음 날 아침, 또 물어보라는 남편
"엄마, 우리 어제 어디 갔다 왔지요?"
"응, 내가 치매가 많이 와서 기억을 못 해!"

온 가족이 한바탕 웃었다
웃은 만큼
엄마 치매가 지워졌다.

유모차
_치매 7

허리가 아파 휠체어를 타고
공원에 나오신 엄마!

엄마 곁에
어린 아기도
유모차를 타고 나왔네요

어른이 유모차 탔다고
신기한 듯 바라봐
내가 먼저 인사를 건넵니다
아기가 까르르 웃습니다

치매를 앓고 있는 엄마!
아이를 보고
새로운 친구를 만난 듯
좋아합니다

곁에 있던 사람들
웃음꽃을 피웁니다
따뜻한 하루가 펼쳐졌습니다.

사랑 맛

엄마가 아침 식사를
맛있게 하신다

"응서가 끓여 온 사골 진국, 맛있지요?"
"응, 맛있어. 그런데 마음이 더 맛있지!"

사랑 맛은
먹어 본 사람만
느낄 수 있다는데
다행이다

맛을 알고 드실 수 있어
정말 다행이다.

배꼽 인사

저녁 7시
집에 도착하자마자
"엄마, 밥 금방 지어 드릴게요!"

그러자
남편이 밥을 지었다며
고맙다고 인사하라는 엄마

남편에게
"감사합니다!"
배꼽 인사를 했더니
온 가족이
배꼽 빠지게 웃었다.

엄마를 웃게 만드는 인사

밖에 나갈 때나
들어올 때
잠을 자기 전에도
엄마한테 인사를 한다

처음 배꼽 인사에
손을 저으며 웃으시고

두 번째 배꼽 인사를 하면
더 크게 웃으시고

세 번째 배꼽 인사에
입까지 벌려가며 웃으신다

엄마가 웃을 때
행복을 느낀다
그래서
매일 배꼽 인사를 하고 있다.

내 몸 사랑해 주기

어제는 많이 피곤했다
고단한 몸을 다독거리며
나에게 말했다

"잘하고 있어!"

위로받은 나도
위로하는 나도
기분이 좋았다.

요양원

뜨거운 여름
바람 한 점 없이 고요한
요양원 뜰에서

휠체어에 앉아 계신
조 할머니와 함께
하늘을 보며 이야기를 나눈다

그분과 노래를 부르면
옆에 있던 꽃과 나무들도
함께 듣는다

그분과 함께한 시간이
추억으로 남아
내 가슴을 설레게 한다

다시 만날 그날을 생각하며
벌써부터 기다리고 있다.

아버지가 보고 싶다

아버지는
나를
"우리 미인 딸!"
하고 부르셨다

지금도
미인인 줄 알고
착각 속에서 살게 해 준
아버지가 보고 싶다.

눈떨림

어머니가 편찮으시다는
소식을 듣고 달려갔습니다

헐레벌떡 도착해서 보니
일어나시지도 못하고
눈도 잘 못 뜨시네요

힘들어하시는 어머니 모습을 보니
눈꺼풀이 떨리기 시작했습니다

집에 돌아와서도
계속 떨리는 눈꺼풀
너무 놀라서였을까요?

침을 맞고 한약을 먹어도 소용없었습니다

어머니!
당신의 완쾌가 약입니다.

닮고 싶은 어머니

휴대전화가 없어졌다
집 안 구석구석을 찾아도
보이지 않는다

어디에 두었을까?
무음이라, 전화해도
소리가 들리지 않는다

'어디에 있을까?'
허둥대는 나를 보고
90세 어머니
"내 나이 되면 어떻게 하려고 그래?"

햇살

가을 햇살 아래
엄마와 산책을 하고 있습니다

엄마와 함께 받은 그 햇살
서로의 가슴에 담겼습니다

사랑을 더 많이 나눈
엄마를 향해
내 마음이 기울어집니다

따뜻한 엄마 사랑이
나를 그렇게 만들었습니다.

고백

늘 내 곁에
등대로 서 있는 당신!

당신은
바라만 봐도 힘이 되고
그 사랑은
바다보다 깊지만

당신에게
"존경합니다"
이 말밖에 할 수 없어
아쉽습니다

고맙습니다
행복합니다
해도 해도 부족해
가슴에 담고 사는 말
"사랑합니다."

사랑 바보

당신은
세상 모든 사람 중에
가장 귀한 사람입니다

마음도 담고
사랑도 담고
당신 생각을
가슴에 담아 놓기만 해도
행복이 느껴집니다

당신과 나는
떨어질 수 없습니다
그래서 내 곁에는
늘 당신이 있어야 합니다

그러니 나는
당신이 있어야
웃으며 살 수 있는
사랑 바보지요.

깊고 깊은 사랑

헤아릴 수 없이
깊고 깊은 엄마 사랑

늘 자식을 위해 애쓰고
가을이면 농사지은 양식을
상자마다 가득 담아
보내 주시는 엄마

그때는 철이 없어
당연한 줄 알았는데
나이 들고 보니
상자에 담긴 만큼
엄마의 고달픔도 함께 담겼음을

그 마음 아는 데 참 오래 걸렸다
"엄마, 고마웠어요!"

엄마 사랑에
고개를 숙이고 싶은 이 순간
그리움이 온몸을 적십니다.

술국

아침 일찍 엄마가
집 앞 텃밭에 가서
무 하나 뽑아 오라 하셔서
이유도 모른 채 뽑아 왔는데

엄마는 무에
북어, 양파를 넣고
아버지 술국을 끓이셨다

구수하고
시원한 국!
엄마 손끝에서
아버지 웃음이 꽃으로 피고
우리 가족 행복이 꽃으로 피고

엄마!
그때 그 솜씨가
그립습니다.

시래기

집 앞 텃밭에서
고사리손으로
시래기 한 주먹 가져다드리면
엄마는 송송 썰어
두부 넣고 된장국을 끓이셨다

온 가족 둘러앉아
시래기 된장국에 밥을 먹는다
웃음 얹어 행복을 먹는다

그 시절이
엄마 생각 앞세워
내 안으로 찾아왔다

지금은 가끔 안부 전화와
일 년에 한두 번
가족 잔치 때 만나는 형제들!

다행히 엄마 손맛으로
요즘 자주 만난다.

2월

2월이
봄을 불러놓고
꽃 향연을 펼칩니다

부지런한 2월이
집집마다
웃음꽃을 피우라며
기운까지 불어넣고 있습니다

그 기운 속에
다행히
'아, 행복해!'
이 느낌이
제일 앞자리에 있습니다.

봄이 오는 길목

아직 추운데
공원 나무들은 새싹을 내밀었다
겨울을 이겨 냈다

따뜻한 날씨에
몇몇 풀들은
고개까지 들었다

입춘이 지났다고
같이 돋아나자고 독려했나?

봄이 오는 길목!
내 따뜻한 2월을 위해
바람조차 가만가만 분다.

4부

가슴 뛰는 가을

봄

봄이 데리고 온
부드러운 바람!
봄에게 고맙다고 했습니다

반갑다며
봄이 불쑥
그대 생각을
내미는 것 있죠?

깜짝 놀라 다시 보니
그 자리에
그대 웃는 얼굴이
꽃으로 피어 있군요

똑똑하고
센스 있고
멋진 봄!

연애라도 해야겠는데
어떻게 하지요?

여름

여름이
뜨거운 사랑을 데리고 와
반갑게 인사합니다

귀엽고
고마워서
마주 보고 있는데

글쎄,
여름이
사랑 온도를
더 높여야겠다고 하네요

그대를 만난 것도 아니고
그대 생각도 안 꺼냈는데
벌써 저러면 어떻게 하지요?

딱 세 집

밤새 눈이 내렸다
세상은 하얗게 변했는데
내 차는 어제 그대로다
'누가 치웠지?'

경비실에 가서 물었다
"혹시 제 차에 눈 치우셨나요?"

딱 세 집 차만
쓸어 주었다는 할아버지

산 지 석 달밖에 안 되었는데
마당 쓰는 빗자루로 쓸어
잔 흠집이 났다

그 많은 차 중에 딱 세 집만
그중에 한 집이라니…

고마웠다
딱 세 집이란 말에 속상함은 사라지고
그냥 고마웠다.

샘물 같은 소녀

손녀 은빈은
맑은 샘물 같다

어린데도
배려할 줄 아는 그 마음을
다른 사람에게 다 보여 준다

퍼내도 퍼내도
솟아나는 샘물처럼
사랑까지 넘친다

샘물이 모여
냇물과 강물이 되고
다시 바다가 되듯

지금처럼
가슴에 샘물 같은 사랑을 담고
잘 자라 주렴!

우리 딸

별로 만든
하늘 궁전에
여왕처럼 빛나는 달보다
더 고운 딸!

네 미소는
볼수록 예쁘고
사랑스럽다
너는 내 삶의 활력소!

그저
내 딸이어서가 아니라
너 정말 예쁘다
아름답고!

사랑꽃

초등학교 1학년 딸이
장미꽃 한 송이를 사 왔다

고마워서 말했다

"우리 집엔
장미보다 더 예쁜 꽃이 있는데."

"어디요?"

"어, 내 앞에 있는 딸!"

엄마 사랑

가족들이 외식을 할 때
엄마는 내게 계속 신호를 보낸다

고개까지 갸웃거린다
식사도 안 나왔는데
돈부터 내라고

오늘은
엄마 귀여운 표정이
돈이다.

마그마처럼

엄마는
내 마음에 꽃으로 머물다가
요동치는 마그마로 달려옵니다

있는 듯 없는 듯 지내는 엄마
자녀 사랑이라면
용암처럼 솟구치는 힘!
어디서 나왔을까요?

세월 지나
내가 엄마가 되었어도
나의 엄마는
여전히 엄마인 것을

엄마 생각에 눈물 납니다
엄마 사랑이
내 안에 꽃으로 핍니다.

카페에서

꽃과 커피가 있는
카페에서
꽃을 보며 커피를 마신다

커피는 향기를 불러오고
나는 친구 생각을 불러오고

친구처럼 부드러운 커피
커피처럼 부드러운 친구

친구가 보고 싶다
그때 그
신사동 모덴카페에서.

복사하기

어떻게 하면 좋을까?
네가 너무 좋은데

함께 있고 싶은데
어떻게 하면 좋지?

주머니에 넣어
다닐 수도 없고
늘 같이 다닐 수도 없고

사진을 복사해서
휴대폰에 붙였다

좋아하는 마음도
지금처럼
복사가 되었으면 좋겠다.

잡초

밭에서 태어나면
반갑지 않은 잡초

시멘트 바닥에서 태어나면
생명력을 인정받는 잡초

그럼
가슴에 태어나면
아련함?

아니
아니
깊은 사랑!

수시로

시간이 궁금할 때
시계를 본다

내 손목에 딱 붙어서
떨어질 줄 모르는 시계

내 안의 그대도
시계 보듯
수시로 꺼내 본다

그대 얼굴을 불러
웃으며 본다.

진짜 휴가

가족 여행을 떠나면서
휴대폰을 두고 왔다

그리고 보니
휴대폰에게
처음 휴가를 주었다

문자메시지를 주고받는
손도 쉬고
생각도 따라 쉬고

휴가다
내가 나를 찾은
진짜 휴가다.

거울

거울 앞에서
'더 예뻐져라!'
이 생각을 하는데

"예뻐요!"
거울이 말했다
깜짝 놀랐다

내가 마음까지 예쁜 거
어떻게 알았지?

거짓말 못하는 거울 너!
못 말리겠다.

지하철이 최고다

급할 때는
지하철이 최고다

편리하고
약속 시간 지킬 수 있고

겨울에는 따뜻하고
여름에는 시원하고

하지만 지하철을 타고
그대 생각 꺼내면
아무것도 못 느낀다

가끔
내릴 역을 지나쳐
돌아오기도 한다.

가슴 뛰는 가을

가을이 오는 줄 몰랐다
미리 알았으면
마중이라도 나갔을 텐데

무더운 여름이
언제 지나갈까 걱정했는데
어느새 가을이 다가와 있다

더위가 있어야 여름이라며
매미 소리 그리 요란하더니
귀뚜라미가 여름을 지웠다

가을이 되었으니
오색 단풍이
멋진 그림을 그리겠지

친구들과
여행하기 좋은 날씨다
벌써 부자 된 느낌!

아~ 가슴이 뛴다.

적덕도

추석 연휴 동안
인천 연안부두를 떠나
덕적도 선착장에 닿았습니다

우리를 기다리던
덕적도 부녀 회원들!
반갑게 맞아 주면서
차와 커피를 대접합니다

도심에서 볼 수 없었던
따뜻한 사랑!
고향에 온 것처럼
가슴이 훈훈해집니다

산책하며 걷던
덕적도 앞바다가
가슴에 담깁니다

그 바다가 쉬어 가라며
내 안에서 파도를 펼칩니다.

나팔꽃

울타리에
나팔꽃이 피었네요
그냥 지나칠 수 없지요

꽃 속에
보고 싶은 사람 얼굴
담겨 있으니
걸음을 멈출 수밖에요

요즘도
나팔꽃을 보면
자꾸자꾸
두리번거리게 됩니다.

다시 뜨겁게

벌써 핫한 하지!

서로를 탓하며
소원했던 연인들

뜨거울 때 더 맛있는
옥수수와 햇감자처럼
다시 뜨겁게
사랑이나 하지!

한탄강

한탄강 주상절리길 따라
트레킹을 왔다

바위에서 자라는 철쭉과
다양한 나무들이
눈 속에서 잠을 자듯 조용하다

바위에 뿌리를 내리고
자라는 나무
모두 신비롭다

봄이 되면 영산홍꽃이 피고
그 자리에 꽃이 지면
연둣빛 잎이 산을 채우겠지

내 안에 영산홍 나무를 옮긴다
봄이 되면 꽃이 피고
꽃이 피면
"나 그대 만나고 싶어!"
이 말 대신 해 줄 수 있게.

스틱

산을 오르거나 내려올 때
의지할 수 있고
그런 나에게 힘을 보태는
버팀목!

고맙다, 사랑한다
이 말을 못 들은 척
제 역할만 한다

그래서 더 좋은 너
저절로
사랑할 수밖에 없는 너!

비밀

"커피!
너를 만난 이 순간이 너무 행복해!"

"좋아!
그런데 내가 따뜻해서 좋은 거야,
향이 좋아서 좋은 거야?"

"응, 둘 다!"

"그럼 우리 사귀는 거야?"

"아니아니,
나는 좋아하는 사람이 있어
늘 내 편 들어주고
내가 좋다면
뭐든지 다 해 주는 사람!"

"누구?"

"비밀!"

행복한 순간들

길을 걷다가
마음 놓고 길을 물어도 좋은
그런 사람을 만나고

택시 탔을 때
기분 좋게 해 주는
기사님을 만났습니다

어디를 가든 주위에
다 좋은 사람들입니다
하늘을 보며 말했습니다
"이리 행복해도 괜찮아요?"

훈훈한 사람들
웃는 얼굴이 보입니다
"감사해요!"

내 안에도 내 밖에도
다 좋은 사람들뿐

내가 행복하니
세상이 행복해집니다
참 많이 행복합니다.

5부

당신을 닮은 꽃

달

가족들 잠든 사이
밖으로 나와
달을 보고 있다

달아!
오늘은 내가
새롭게 태어난 날이야

사랑하며 살겠다는
나와의 약속을
네가 보았으니

너
나
약속 지킬 수 있게
도와줄 거지?

따라 해 봐

햇살이 뜨겁다

날씨는 조절할 수 없지만
표정은 조절할 수 있다

예쁜 표정을 지었다
날씨가 따라서 하게
사람들도 흉내 내게.

엎질러진 물

"에어컨을 종일 켜놓아
환기 좀 시키느라 승용차 창문을
열어 두었어요!"

아침에 비가 오는데
베란다 창문만 닫고
전날 열어 둔
승용차 문은 깜박했다

비가 그친 오후에 알았다,
차 안에 물이 고였다는 사실을

이미 엎질러진 물
'차도 더웠나 봐!'
이렇게 생각하니
마음까지 시원했다.

처음 본 강아지

친구를 기다리는데
귀여운 강아지가 지나간다

그런데
가다가 돌아와
나를 올려다보는 강아지

주인이 불러도
못 들은 척 나만 본다

"죄송해요.
예쁜 사람만 보면 이러네요!"

동생의 선물

외사촌 동생 응서가
보고 싶다며
선물을 가지고 왔다

감, 사과, 석류, 케이크에
금일봉을 들고

허리 다친 고모를 위해
우족탕까지 끓여 왔다

이런 선물
저런 선물
한참 동안 웃었다

동생도
엄마도
나도
고마워서 웃었다.

김밥 한 줄

어린 시절 엄마가
김 한 장에
찰밥을 말아 주시면
두 손으로 잡아도 남았다

그 추억이 생각나
친구와 공원 벤치에 앉아
김 한 장에
찰밥을 말아서 먹고 있다

추억의 김밥!
엄마 생각 한 자락이
참 행복하게 해 준다.

연못에서

색색의 옷을 입은 잉어와
시폰 원피스 자락을 흔드는
물풀들이 어우러진 연못
마음을 설레게 한다

늦은 봄부터 초가을까지
날마다 연못을 보고 있으면
저절로 힐링이 된다

이곳에서 딸과 함께
정담을 나누면
잉어가 시샘을 할지도 모르는데

그건 예쁜 딸이 문제지
네 책임은 아니야.

우리은행

조금 늦는다는
친구를 기다리고 있는데
함께 기다리던 친구가
춥다고 한다

"친구야, 우리은행에 들어가서
좀 쉬고 있어!"
"우리 은행?"

친구가 웃으면서
우리은행으로 들어갔다.

웃는 연습

상 중에 제일 좋은 상이
인상이라 해서
매일 웃는 연습을 하고 있다

길을 가다 웃고
앉아서 웃고
잠들기 전에 웃고

일어날 때 웃고
세수하면서 웃고
거울 보다가 웃고

남들이
내 얼굴 보고 웃겠지
다시 한번 더 웃고.

전기밥솥

"전기밥솥 너 그동안 고생했으니까
한 20일간 휴가 줄게."

"왜?"

"응! 딸이랑 미국으로 여행 가야 해서."

기다림

사람은 누구나
기다립니다

전철, 버스, 택시, 비행기
그리고 식당에서 기다립니다

저는 아버지를 기다립니다
아버지를 기다리다
제 몸이 길어졌습니다.

용기

자동문 앞에 서면
열리지 않을까 걱정되어
다른 사람 뒤에 붙어
허둥대며 들어가곤 했지요

그런 제가 지금은
만세도 부를 자세로
손을 흔들어 문을 엽니다
이만큼 제가 자랐답니다

키도 크고 마음은 또 얼마나 자랐는지
사람들 앞에서
망설임 없이 할 말 다합니다
강의까지 합니다

모두가 용기!
그대가 있어 가능했습니다
그대가 없었다면
나는 어디선가
지금도 망설이고 있을지 모릅니다.

아쉬운 단비

어젯밤 봄이
슬그머니
비를 뿌리고 갔네요

그 비에
꽃이 피었네요

그대가
어젯밤
나 모르게 다가와
꿈속에 담겼던 것처럼.

모녀의 대화

올림픽공원에
장미꽃 구경을 갔는데
딸이 묻는다

"나 예뻐?"
"그럼, 장미꽃보다 더 예쁘지!"

"정말요!"
"장미꽃이 네 얼굴을 보면
놀라서 기절할 것 같은데?"

딸 입이 귀에 걸린다
웃는 딸 얼굴이
다시 내 귀에 걸린다.

당신을 닮은 꽃

부천 장미꽃 축제
살포시 내린 이슬비로
꽃잎에 은방울 맺힌 장미!

그 아름다움은
다이아몬드처럼 빛난다
고귀하고도
사랑스러운 꽃!

내 가슴에 담긴
당신처럼
그윽한 향기까지 난다

세상에
세상에
이곳에서
내 사랑!
당신 닮은 꽃을 만나다니.

감기

마스크를 안 쓰니
다시 감기에 걸렸다

감기 너
사랑도 아니면서
정말 적극적이다

내 사랑만큼
끈질기다.

아버지의 선물

내 안에
스트레스가 차오르면
모두 쏟아낸다

그럴 때는
술이나 인터넷보다
아버지의 힘이 컸다

아버지는 내게
늘 날개를 달아 주셨고
그 덕분에
스트레스가 사라졌다

사라진 자리에
아버지 사랑이 만든
행복이 자리 잡았고

그 선물
지금
웃음으로 펼치고 있다.

장미꽃 축제

중랑천 장미꽃 축제
구경 온 사람들로
바다다, 바다!
제자리걸음만으로도
파도처럼 밀려간다

밀려가도
밀려가도
장미꽃
그대 얼굴밖에 없으니….

시낭송

시낭송 배우기 첫 시간
함께할 사람은 누구일까?
가슴이 두근두근!

어떤 사람은 예쁜 얼굴
또 어떤 사람은
조용히 미소 짓는 얼굴

그들과 시낭송을 배우면서
기분도 좋고
낭송된 시는 저절로
가슴에 담겨
행복이 되었다

수업 마치고 돌아오는 길
그 여운 지우기 아쉬워
행복을 오늘 하루 앞에 걸었다
피로가 지워졌다.

계단을 오르며

출근할 때마다
계단을 걸어 올라간다

매일 아침
보약을 먹는다

이 힘으로
그대 생각을 꺼낸다

아직 젊다
아직 할 수 있다.

특별 강의료

우연히 타게 된 택시에서
기사님과 대화를 나누었다

얘기 속에
알찬 정보가 많아서
명강사의 강의를 들은 것 같아

내릴 때 택시 요금에
강의료를 얹어 드렸다

사랑 말고 다 부족한 나
무슨 복이 있어
이리 좋은 사람을 만난 걸까?

겨울에게

겨울에게
잘 가라고 인사를 하고
한 해 동안 고생했으니
이제 좀 쉬라고 했더니

눈을 내려
이만큼 그리운데
어떻게 쉬냐고 하네요

그래요,
쉴 수 없지요
내 안에 눈을 옮겨
그대 생각날 때마다
바라볼 수밖에.

눈이 전하는 말

겨울입니다
눈이 내려
산을 지우더니
이젠 햇살이 다가와
쌓인 눈을 감추네요

그대 생각하라며
생각 끝에서
그대 만나
손잡고 걸어 보라며.

겨울에게 반하다

떠나는 겨울 뒤에
봄이 오려는 듯
한낮 온도가 높습니다

지금 떠나려는 겨울도
자기 역할이 있었을 텐데
그 역할 다하고 떠나는 겨울에게
수고했다고
다시 보자고 인사했습니다

밤새 눈을 데리고 와서
온 세상을 하얗게 덮어놓고
그 인사에 답을 하는 겨울!

어휴~
이렇게 예쁜 겨울을
내가 어찌 안 좋아할 수 있나요.

내 마음 머문 자리